Vente des Lundi 5, Mardi 6 et Mercredi 7 Mars 1888

HÔTEL DROUOT, SALLE N° 3

Collection de M. G. de G.

OBJETS D'ART

et de Curiosité

DE L'ORIENT

EXPOSITION PUBLIQUE

LE DIMANCHE 4 MARS 1888

Mᵉ PAUL CHEVALLIER	M. CHARLES MANNHEIM
COMMISSAIRE-PRISEUR	EXPERT
10, rue Grange-Batelière, 10.	7, rue Saint-Georges, 7.

HOMO
ADDITVS
NATVRÆ
IMPRIMERIE DE MARC

CATALOGUE

DES

OBJETS D'ART

ET DE CURIOSITÉ

DE L'ORIENT

Porcelaines — Poteries — Matières précieuses
Sculptures en ivoire et en bois
Tableaux incrustés — Bronzes — Meubles — Pagodes

Le tout composant la Collection de M. G. de G.

ET DONT LA VENTE AURA LIEU

HOTEL DROUOT, SALLE N° 3

Les Lundi 5, Mardi 6 et Mercredi 7 Mars 1888

A DEUX HEURES

M° PAUL CHEVALLIER	**M. CHARLES MANNHEIM**
COMMISSAIRE-PRISEUR	EXPERT
10, rue de la Grange-Batelière, 10	7, rue Saint-Georges, 7

EXPOSITION PUBLIQUE : Le Dimanche 4 Mars 1888

DE UNE HEURE A CINQ HEURES

CONDITIONS DE LA VENTE

Elle sera faite au comptant.

Les acquéreurs payeront, en sus des adjudications, *cinq pour cent* applicables aux frais.

L'Exposition mettant le public à même de se rendre compte de l'état des objets, il ne sera admis aucune réclamation une fois l'adjudication prononcée.

Paris. — Imp. de l'Art, E. Ménard et Cie, 41, rue de la Victoire.

DÉSIGNATION DES OBJETS

PORCELAINES ET POTERIES

1 — Vase piriforme à couvercle plat surmonté
d'une tortue formant bouton, en porcelaine, fond
bleu marbré avec réserves de groupes et de
vols de grues. Japon. Comme marque, double
cachet rectangulaire.

2 — Gourde circulaire garnie de quatre attaches
au pourtour, en porcelaine de Chine décorée de
paysages avec personnages émaillés en couleurs
sur fond verdâtre.

3 — Vase carré à ouverture large, à deux anses,
en porcelaine du Japon, à décor d'arbustes et
d'oiseaux polychromes rehaussés de dorure.

4 — Groupe de quatre petits vases accolés en forme
de balustre, à fond vert clair et à anses simulées à anneaux dorés. Porcelaine de Chine.
Règne de Kien-Long. Socle en bois.

5 — Vase double à panse circulaire aplatie et goulot cylindrique, en porcelaine de Chine, décoré
de sujets de personnages dans des paysages
émaillés en couleurs. Le pourtour de l'un des

vases est décoré de fleurs arabesques émaillées sur fond vert ; l'autre, décoré de même, a un fond bleuté. Socle ajouré en porcelaine émaillée brun. Règne de Kien-Long.

6 — Petit vase carré à gorge évasée, en porcelaine du Japon, décoré en bleu. Sur une face, sujet familier à deux personnages, et, sur la face opposée, de longues inscriptions.

7 — Gourde circulaire aplatie garnie de quatre attaches au pourtour, en porcelaine du Japon, décorée en bleu de paysages, de fleurs, d'insectes et d'inscriptions.

8 — Brûle-parfums de forme oblongue en porcelaine de Chine ; le dessus à dragons et les côtés à ornements découpés à jour et émaillés en couleur avec rehauts d'or.

9 — Petit vase ovoïde en poterie du Japon, à fleurs aquatiques, poissons et tortues gaufrés en relief et décorés au naturel sur fond bis.

10 — Petite jardinière à pans en porcelaine du Japon, décorée sur chacune de ses faces d'une figure de divinité émaillée en couleurs sur fond brun ; les entredeux simulent des bambous, décorés en rouge sur fond vert d'eau.

11 — Flacon carré décoré d'arbustes, de fleurs e de grues sacrées en couleurs sur fond blanc. Il est surmonté d'une branche de fleurs formant attache. Japon.

12 — Flacon carré, décor polychrome à médaillons

de paysages, chimères et ornements. Japon.

13 — Crachoir carré et ajouré avec récipient couvert, décor bleu, rouge et or avec rehauts de
vert. Imari.

14 — Vase à pans à ouverture large et à couvercle
plat surmonté d'une fleur, en porcelaine de
Kutani, à décor d'arbustes, de canards et d'ornements émaillés en couleurs. Au fond, large
marque carrée à fond vert.

15 — Flacon hexagone en porcelaine du Japon,
décoré en bleu, rouge et or, de fleurs et d'ornements. Trois de ses faces présentent des rosaces
découpées à jour.

16 — Flacon à eau en forme de seau, avec poignée
à sa partie supérieure, en ancien truité du Japon,
décoré d'arbustes, de fleurs et d'ornements
émaillés en couleurs.

17 — Petit brûle-parfums de forme surbaissée, à
ouverture large, en vieux Chine, à décor bleu
et à couvercle en bois sculpté et découpé à jour.

18 — Deux petits vases surbaissés en porcelaine du
Japon ; l'un d'eux décoré de fleurs et de feuillages sur fond rouge, l'autre, d'arbustes en brun
sur fond jaunâtre, et capsule à décor bleu.

19 — Seau à trois attaches reliées par un anneau,
en poterie du Japon, décoré de fleurs aquatiques
et d'oiseaux dessinés au trait sur fond brun. Le
bord supérieur et la poignée sont décorés de
rosaces émaillées.

20 — Petit vase ovoïde à capsule plate, en porcelaine du Japon, couverte d'émail cloisonné à
fleurs et ornements polychromes sur fond bleu
clair.

21 — Petite potiche en vieux Japon, à décor de
fleurs en bleu et rouge. Le couvercle en bois est
surmonté d'un netské en bois à figure fantastique.

22 — Deux petits vases porte-allumettes en porcelaine de Chine, simulant des rouleaux à demi
ouverts, mi-partie rouge rehaussée de dorure,
mi-partie marbrée.

23 — Flacon à eau de forme hexagone, en terre
émaillée vert, à rosaces gaufrées en relief et
décorées en rouge et bleu.

24 — Petit vase forme bouteille en porcelaine de
Chine, émaillé noir uni.

25 — Flacon simulant une cloche, en porcelaine du
Japon, à décor bleu.

26 — Petit vase carré à arêtes et ornements gaufrés,
en céladon bleu turquoise uni.

27 — Petit vase sphérique à couvercle; oiseaux et
chimères gaufrés en relief et émaillés bleu turquoise sur fond violet uni. Japon.

28 — Petit vase ovoïde à couvercle plat, en poterie
de Satzuma, décoré de groupes de guerriers en
couleurs et or.

29 — Très petit vase cylindrique et à gorge, en
poterie de Satzuma, à médaillons de person-

nages finement exécutés sur une résille d'or, et
à gorge rosée décorée de rosaces.

30 — Deux petits vases en forme de tonnelet, en
porcelaine du Japon ; l'un décoré de caractères
en rouge, l'autre, de figures et d'ornements
émaillés en couleurs.

31 — Petit pot à une anse, en terre émaillée brun
et à couvercle plat en ivoire.

32 — Deux jardinières en poterie du Japon ; l'une,
carrée, décorée de paysages en brun ; l'autre,
hexagone, à armoiries émaillées.

33 — Pitong en vieux Chine, décoré d'arbustes,
d'un tigre et d'un dragon émaillés en couleurs.

34 — Trois jardinières en poterie du Japon, à
figures fantastiques émaillées en couleurs sur
fond gris craquelé.

35 — Trois pitongs bas en terre émaillée du Japon,
dont deux décorés de fleurs arabesques émaillées en relief, et le troisième à figure fantastique gaufrée en relief et émaillée en couleurs.

36 — Pitong en poterie de Kanga, à décor de personnages et ornements en rouge et or.

37 — Deux pièces : coupe ronde à deux anses, portant des caractères réservés en blanc sur fond
rouge, et coupe ronde à goulot, en poterie du
Japon, décorée de médaillons d'oiseaux sur fond
quadrillé de rouge.

38 — Deux jardinières rondes et basses en porcelaine ; l'une décorée de dragons bleus, l'autre

de dragons et de nuages émaillés en couleurs.

39 — Socle ajouré en forme de table, en poterie du Japon, à décor de rosaces et de dragons en bleu, vert et or.

40 — Deux pièces en porcelaine du Japon, à décor bleu : coupe oblongue à bec allongé et panier bambou à une anse.

41 — Deux pièces en terre émaillée, décorées de fleurs et d'une figure grotesque : vase à panse circulaire et col cylindrique et coupe simulant une draperie avec nœud.

42 — Deux vases forme bouteille, à long col, décorés de fleurs et d'ornements de style barbare.

43 — Vase en forme de balustre allongé à deux anses, en terre émaillée brun-rouge pointillé de blanc.

44 — Vase simulé en forme de gourde-applique, en porcelaine de Chine, règne de Kien-Long, à fond bleu clair, et décoré de branches de fleurs et de fruits polychromes, chauves-souris rouges et caractères dorés. Autour de la panse, cordon rouge rehaussé de dorure. Socle décoré à l'imitation du bois.

45 — Deux vases simulés, de même forme ; la panse entourée d'une draperie émaillée bleu clair. Décor de grecques d'or sur fond rouge, rehaussé de chauves-souris bleues et réserves renfermant des caractères dorés. Dans le haut, papillon doré et socle imitant le bois. Règne de Kien-Long.

46 — Deux vases-appliques de même forme et de
décor analogue.

47 — Vide-poche en forme de jonque, en poterie
du Japon émaillée vert et jaune rehaussée de
quadrillages au trait.

48 — Demi-vase-applique en forme de balustre, en
porcelaine de Chine à fond jaune gravé, rehaussé
de fleurs émaillées en couleurs. Sur la face,
large réserve portant une longue inscription en
noir et rouge. Socle à quatre pieds imitant le
bois et rehaussé de dorure. Règne de Kien-
Long.

49 — Vase-applique en forme de balustre, à deux
anses, têtes d'éléphants, en porcelaine de
Chine, décoré de chiens de Fô en rouge de fer
et or. Socle simulé imitant le bois.

50 — Vase-applique de forme analogue, en porcelaine de Chine, à ornements et dragons en relief
émaillés bleu sur fond vert. Marque oblongue
dorée. Règne de Kien-Long.

51 — Vase-applique en forme de gourde en porcelaine de Chine, fond bleu rehaussé d'arabesques
dorées et réserves, l'une portant une inscription dorée, l'autre un arbuste fleuri. Marque
oblongue en rouge. Règne de Kien-Long,

52 — Vase-applique en forme de bouteille, à fond
jaune et dragons émaillés. Chine. Règne de Kien-
Long.

53 — Vase-applique en forme de balustre, fond

amarante rehaussé de fleurs émaillées en couleurs, et large réserve renfermant une longue inscription dont les caractères sont exécutés en noir. Chine. Règne de Kien-Long. Marque dorée.

54 — Vase-applique simulant un rouleau ouvert, décoré de deux zones de paysages avec figures et cours d'eau émaillés en couleurs. Chine. Règne de Kien-Long.

55 — Vase-applique en forme de balustre, à deux anses, fond bleu rehaussé de fleurs émaillées en couleurs et réserves de fleurs. Chine. Règne de Kien-Long. Marque dorée.

56 — Deux petits vases-appliques forme gourde, fond vert clair rehaussé de fleurs, de fruits et d'oiseaux, et réserves à inscriptions et fleurs.

57 — Vase-applique en forme de balustre, en porcelaine de Chine, à fond vert décoré d'ornements blancs saillants et portant des inscriptions.

58 — Deux vases-appliques en forme de balustre, décorés de dragons et d'ornements en noir et or. Socles simulés imitant le bois.

59 — Deux vases-appliques en forme de balustre, à fond rose rehaussé de fleurs arabesques et médaillon de fleurs polychromes. Chine. Règne de Kien-Long. Marque dorée.

60 — Deux vases-appliques de même forme, à deux anses, décorés de médaillons de personnages et de fleurs.

61 — Vase-applique en forme de balustre renversé, décoré de fleurs arabesques et d'un fong-hoang.

62 — Quatre petits vases-appliques en forme de balustre, à fleurs et tête de chimère gaufrées en relief, dont deux sur fond vert et deux sur fond jaune.

63 — Deux porte-allumettes-appliques en forme de rouleau ouvert; l'un d'eux est décoré de personnages, et l'autre de fleurs et d'ornements.

64 — Deux porte-allumettes-appliques avec fleurs et chiens de Fô gaufrés en relief. L'un d'eux est rehaussé d'émaux bruns et bleus. Dans la gueule de chacun des chiens est une petite boule mobile. Porcelaine du Japon.

65 — Vase-applique en porcelaine de Chine, en forme de balustre, émaillé vert uni, et socle imitant le bois. Marque en rouge. Kien-Long.

66 — Deux vases-appliques en porcelaine du Japon, émaillés bleu turquoise et violet; l'un d'eux gaufré à vannerie, l'autre de forme conique renversée à ornements gaufrés.

67 — Petit vase-applique en forme de balustre, à deux anses simulées, décoré de fleurs.

68 — Deux porte-allumettes-appliques à oiseaux et fleurs gaufrés en relief et rehaussés de bleu. Japon.

69 — Porte-allumettes-applique, de forme élégante, en poterie du Japon à fleurs émaillées vert, bleu et or.

70 — Bouteille-applique à fond noir cendré et socle simulé émaillé vert d'eau.

71 — Deux porte-allumettes en forme de cornet; l'un d'eux à décor de fleurs et de rosaces en bleu, l'autre à rosaces et ornements polychromes.

72 — Deux porte-allumettes en forme de balustre, à deux anses, fond rouge rehaussé de dorure, et médaillons de fleurs et de personnages. Chine. Règne de Kien-Long.

73 — Deux porte-allumettes-appliques, décorés de personnages polychromes et d'encadrements en bleu et or.

74 — Deux porte-allumettes en porcelaine, à décor bleu; l'un en forme de demi-vase losangé, l'autre en forme de fruit.

75 — Deux appliques formées chacune d'une femme japonaise debout.

76 — Statuette-applique en poterie du Japon, personnage debout, et vase en porcelaine en forme de feuille.

77 — Éventail à double face, à décor de guerriers combattant et scène maritime, émaillés en couleur sur fond gris. Japon.

78 — Porte-fleurs-applique en forme d'éventail, décoré d'un paysage. Chine.

79 — Deux bouteilles-appliques décorées d'ornements émaillés carmin sur fond rose. Chine.

80 — Deux petites vasques-appliques de même décor.

81 — Deux petites jardinières-appliques, décorées d'ornements émaillés sur fond rose.

82 — Deux porte-allumettes-appliques décorés de fleurs, l'un sur fond rose, l'autre sur fond bleu marbré. Chine. Règne de Kien-Long.

83 — Deux porte-fleurs de forme conique, en poterie du Japon, décorés l'un de figures de guerriers, l'autre de dragons émaillés.

84 — Deux statuettes-appliques : personnages couchés avec vêtements émaillés. Chine.

85 — Six appliques en ancienne porcelaine de Chine, décorées en émaux de la famille verte à fleurs et volatiles.

86 — Cinq plaques représentant des personnages en relief, décorés en émaux de la famille verte et se détachant sur un fond de biscuit.

87 — Deux petites portes de compartiment de cabinet en poterie du Japon, décorées de paysages.

88 — Plat rond en ancienne porcelaine de Chine, décoré en émaux de la famille rose : course d'amazones en présence de personnages de distinction.

89 — Grand plat en porcelaine moderne du Japon, à décor de personnages, de fleurs et d'ornements polychromes.

90 — Grand plat rond en porcelaine du Japon, décoré d'oiseaux, de fleurs et d'insectes au centre, et de fleurs sur fond verdâtre au bord.

91 — Plat rond analogue à celui qui précède ; le

bord à compartiments de fleurs et les entredeux à fond vert clair.

92 — Plat rond en vieux Chine, décoré d'un groupe de quatre personnages dans un parc.

93 — Plat rond en vieux Chine, décoré de dragons et de fleurs en vert et rouge.

94 — Deux petits plats ronds décorés de chimères polychromes.

95 — Deux disques pour écrans en porcelaine de Chine, décorés d'arbustes, de fleurs et d'oiseaux. Ils sont encadrés de laque rouge à grecques en relief.

96 — Deux plaques carrées en porcelaine de Chine, décorées de paysages avec personnages en bleu. Cadres en bois.

97 — Quatre plaques carrées en ancienne porcelaine de Chine, décorées en émaux de la famille verte à médaillons de personnages entourés de fleurs sur fond vert. Cadres en bois sculpté.

98 — Plaque ronde en ancienne porcelaine de Chine, décorée en émaux de la famille verte : Réception impériale.

99 — Six petits plateaux oblongs et à lobes en porcelaine de Chine, dont cinq à inscriptions au centre et le sixième à fleurs sur fond vert clair.

100 — Plateau oblong à angles arrondis en poterie de Satzuma, décor polychrome rehaussé de dorure, groupe de personnages dans un paysage.

101 — Plateau forme feuille, émaillé bleu turquoise et offrant au fond une chimère gaufrée en relief.

102 — Tableau rectangulaire en porcelaine du Japon, décoré d'un paysage avec personnages en bleu sur blanc. Cadre en bois dur.

103 — Applique en ancienne porcelaine de Chine, décorée en émaux de la famille rose de fleurs, de figures et d'ornements, et surmontée d'une figurine de poussah.

104 — Tableau carré incrusté de figures, en porcelaine de Chine, à décor polychrome sur fond de laque noir. Cadre en bois.

105 — Sceptre en porcelaine de Chine, décor polychrome à personnages et ornements et portant le signe de longévité.

106 — Boîte en forme de tonnelet supporté par trois chimères en poterie du Japon, à décor polychrome.

107 — Deux pièces en porcelaine du Japon : coupe ronde à décor bleu au centre et polychrome au pourtour, et plateau à six pointes à chimères émaillées vert.

108 — Deux pièces en poterie du Japon : plateau carré à arbuste et oiseau gaufrés en relief sur fond jaune avec bords verts, et petit plat décoré d'un guerrier combattant une chimère.

109 — Quatre vases-appliques, formés chacun d'un personnage debout, en porcelaine du Japon, décor polychrome.

110 — Deux vases-appliques en forme de balustre, porcelaine de Chine, décorés de fleurs et flanqués chacun de deux figurines d'enfants en ronde bosse.

111 — Deux porte-allumettes-appliques formés chacun d'un oiseau de proie. Japon.

112 — Deux autres en grès émaillé du Japon, l'un d'eux formé d'une grenade et d'un oiseau, l'autre d'un oiseau sur une branche d'arbre.

113 — Quatre vases-appliques en forme de balustre surbaissé, en porcelaine de Chine, à décors variés ; l'un d'eux à fond chagriné. Règne de Kien-Long.

114 — Cinq vases-appliques en porcelaine de Chine, variés de formes et de décors.

115 — Quatre porte-allumettes-appliques en porcelaine du Japon, ornés chacun d'une figurine debout.

116 — Deux assiettes en poterie du Japon, à décor gaufré en relief, à figures de guerriers.

117 — Quatre porte-allumettes-appliques en poterie du Japon, à figures en relief.

118 — Quatre petits vases-appliques de formes et de décors variés.

119 — Quatre autres en poterie du Japon, variés de formes et de décors.

120 — Cinq vases-appliques en poterie du Japon, crabe, mouche, oiseau, etc.

121 — Vase-applique en forme de rocher, avec

tigre et dragon en relief. Porcelaine du Japon.

122 — Quatre vases-appliques en porcelaine du Japon, variés de formes et de décors.

123 — Trois vases-appliques ; l'un d'eux en porcelaine du Japon, à feuillages gaufrés et émaillés bleu sur fond bleuté ; les deux autres en poterie du Japon, à décor émaillé.

124 — Trois pièces : personnage accroupi, en terre émaillée, et deux personnages en porcelaine du Japon, formant appliques.

125 — Quatre pièces, dont trois vases-appliques, papillon, panier et vase-balustre, plus une attache en terre émaillée, en forme de papillon.

126 — Trois vases-appliques ; l'un d'eux en forme de gourde circulaire, à fleurs gaufrées en relief ; le second sphérique, à décor bleu, et le dernier en poterie émaillée.

127 — Trois théières en terre émaillée ; l'une jaune uni, la seconde nuagée de bleu foncé et de blanc, la dernière bleu soufflé.

128 — Quatre autres en terre, dont trois à décors émaillés et variés ; la dernière à dragon gaufré en relief.

129 — Trois théières surbaissées en porcelaine du Japon ; l'une à décor bleu, la seconde à fleurs en bleu et rouge, la dernière à fleurs et oiseaux.

130 — Qnatre théières en porcelaine, dont trois à décor bleu et la dernière en céladon vert d'eau gaufré.

**

131 — Trois théières, dont deux en vieux Japon, à décor en bleu et rouge, la troisième en porcelaine de l'Inde, à décor bleu.

132 — Trois théières en porcelaine du Japon ; l'une d'elles à ornements gaufrés, une autre à décor polychrome et la dernière à décor bleu.

133 — Quatre porte-pinceaux en porcelaine du Japon, à décor bleu.

134 — Trois porte-allumettes-appliques en forme de balustre, à deux anses, variés de décors.

135 — Applique en porcelaine du Japon, sur laquelle une carpe sortant de l'onde est exécutée en relief. Cette pièce est accompagnée d'une reproduction de même modèle, en cristal rehaussé de rouge, qui a été exécutée par M. Rousseau. Le rouge, au transparent, est de nuance bleuâtre.

136 — Groupe de deux chimères formant brûle-parfums et émaillé bleu turquoise.

137 — Chimère assise en porcelaine émaillée bleu turquoise.

138 — Crapaud émaillé vert émeraude.

139 — Théière sphérique en porcelaine du Japon, à oiseaux et dragons en relief émaillés bleu turquoise sur fond violet.

140 — Trois théières en porcelaine du Japon, à décor de personnages et de paysages en couleurs.

141 — Trois autres théières en porcelaine du

Japon, à décor polychrome et de formes variées.

142 — Trois théières carrées ; l'une en céladon vert
d'eau, à ornements découpés à jour, une autre
à décor bleu, la dernière à décor polychrome.

143 — Théière ovoïde à côtes en ancienne porcelaine de Chine, décorée de fleurs en émaux de la
famille verte.

144 — Trois théières en porcelaine du Japon ; l'une
à fleurs en relief, une autre sphérique, décorée
de fleurs et d'arbustes, la dernière à décor
rouge et or.

145 — Deux théières à panses ovoïdes, à décor
bleu.

146 — Trois théières en terre cuite, à décor émaillé.

147 — Trois théières en poterie du Japon ; l'une
émaillée vert uni, la seconde de Kanga, à décor
rouge et or, la dernière à décor polychrome.

148 — Cinq petites théières variées de formes et de
décors.

149 — Cinq tasses avec soucoupes en porcelaine, à
décors variés.

150 — Deux bols en porcelaine de Chine fond jaune
gravé, rehaussé de fleurs et réserves de fleurs
polychromes.

151 — Tasse ronde à décor gravé et argenté, en
porcelaine, et plateau rectangulaire en porcelaine, à dragons gaufrés en relief et dorés sur
fond de vagues vertes.

152 — Trois pièces en porcelaine : bol profond à

décor polychrome, coupe couverte à personnages sur fond rouge, et coupe couverte avec présentoir, émaillée rose.

153 — Dix tasses diverses, dont une couverte et une avec soucoupe.

154 — Quatre pièces en porcelaine : deux pitongs à arbustes émaillés et découpés à jour, cage à grillons sphérique, émaillée vert, et plateau décoré d'un paysage.

155 — Huit gobelets en porcelaine de Chine, à fond blanc gravé et figures émaillées en couleurs.

156 — Divinité assise sur un rocher, en poterie de Kioto, à décor d'or et émaux bleus.

157 — Divinité debout tenant un panier dans lequel se trouve un poisson. Porcelaine du Japon à décor d'or et émaux bleus.

158 — Poussah accroupi en ancienne porcelaine de Chine, à décor polychrome.

159 — Divinité assise sur un chien de Fô couché. Porcelaine de Chine, décor polychrome.

160 — Statuette en porcelaine du Japon : personnage assis tenant une pêche ; décor polychrome.

161 — Quatre statuettes en porcelaine de Chine, à décors variés.

162 — Statuette de femme debout en poterie du Japon, décor polychrome.

163 — Deux pièces en poterie du Japon : Personnage accroupi, les mains jointes, et autre avec singe sur la tête.

164 — Deux flambeaux formés chacun d'une chimère assise émaillée jaune, violet et vert. Chine.

165 — Deux autres chimères sur socles carrés, à
décor polychrome. Chine.

166 — Deux animaux chimériques debout, à décor
polychrome.

167 — Animal chimérique en porcelaine émaillée
brun clair, debout sur les flots émaillés vert
d'eau.

168 — Deux chiens de Fô assis, l'un émaillé bleu,
l'autre émaillé vert et rouge.

169 — Deux pièces en porcelaine du Japon : chimère couchée, émaillée vert et rouge, et chien
tacheté de noir avec tapis à rosaces sur le dos.

170 — Trois pièces : canard en poterie du Japon,
émaillé en couleurs, crapaud fantastique formant
jardinière et petite chimère assise.

171 — Petit groupe de deux figures en porcelaine
de Chine. Elles sont debout sur un rocher.

172 — Quatre pièces en porcelaine, dont trois
boîtes ; l'une en forme d'oiseau, une autre carrée, une autre ronde ; la quatrième pièce est une
coupe en forme de chaussure, dont le fond est
décoré de figures.

STATUETTES

EN TERRE CUITE DU JAPON

173 — Deux statuettes en terre cuite peinte et rehaussée de dorure : Philosophes assis et devisant.

174 — Deux statuettes analogues à celles qui précèdent.

175 — Deux personnages accroupis en terre cuite peinte : bonze tenant un chapelet et femme ayant un oiseau près d'elle.

176 — Statuette de vieillard debout et drapé, en terre peinte. Il tient un dragon de son bras droit surélevé.

177 — Vase surbaissé de forme carrée et à panse renflée, présentant au pourtour des figures en bas-relief. Le couvercle est surmonté d'un personnage accroupi. Terre cuite non peinte.

178 — Vase triangulaire à couvercle imitant la vannerie, avec grenouille et feuillages en relief. Terre peinte.

179 — Personnage debout, le haut du corps nu, s'appuyant sur son bâton. Terre peinte.

180 — Deux statuettes de vieillards accroupis, en terre peinte.

181 — Statuette d'homme assis sur un tabouret, en terre peinte.

182 — Enfant assis sur un taureau debout. Terre
cuite peinte.

183 — Deux statuettes de femmes japonaises debout,
en terre peinte rehaussée de dorure.

184 — Deux pièces : personnage accroupi près
d'une outre, en terre émaillée, et femme accroupie, avec vêtement émaillé jaune.

MATIÈRES PRÉCIEUSES

185 — Cristal de roche. Statuette de femme
debout sur socle en bois sculpté.

186 — Jade blanc verdatre. Groupe de deux
biches couchées sous des arbustes, le tout pris
dans la masse.

187 — Pierre de lard. Vase formé de grappes de
raisin avec feuillages et découpé à jour.

188 — Pierre de lard. Deux pièces : petite coupe
fleurie, à une anse, et rocher porte-pinceaux.

189 — Pierre de lard blanche (?). Vide-poche
cylindrique et côtelé, avec couvercle en bois
sculpté surmonté d'un chien en ivoire.

SCULPTURES EN IVOIRE

190 — Ivoire. Divinité debout ayant à sa droite un
enfant aussi en ivoire qui lui présente un em-

blème de pagode, et à sa gauche un brûle-parfums en cuivre doré, qui repose sur une table
en bois sculpté. Socle également en bois. Travail
japonais très soigné.

191 — IVOIRE. Guerrier debout, donnant des ordres
à un personnage accroupi près de lui. Le sabre
du personnage principal est placé sur un support à sa gauche. Les trois parties de ce groupe
reposent sur une petite table en laque noir dont
le pourtour est décoré de dorure.

192 — Table en laque analogue à celle qui précède.
Celle-ci sert de base à trois figurines debout,
en ivoire, dont une femme et deux enfants. Sur
le devant, un brûle-parfums sur un rocher.

193 — Groupe analogue à ceux qui précèdent.
Celui-ci se compose d'une figure de femme et de
trois enfants ainsi que d'un plateau sur lequel
est disposé un repas. Socle en laque noir à décor d'or.

194 — IVOIRE. Petit groupe, composé de trois
figures : paysan debout, femme accroupie et
enfant.

195 — IVOIRE ET BOIS. Curieux groupe, composé
d'une divinité accroupie, en bois, et de deux
figurines d'enfants en ivoire ; l'un d'eux est à
califourchon sur son épaule, l'autre lui bar-
bouille la figure à l'aide d'un balai à long
manche.

196 — IVOIRE. Petit groupe composé de six figures,

dont quatre enfants et deux personnages fantastiques.

197 — IVOIRE. Cippe à quatre pieds, décoré au pourtour de figures grotesques et offrant sur le couvercle un groupe de deux personnages.

198 — IVOIRE. Statuette de divinité portant un enfant sur son bras gauche. Les vêtements sont gravés et rehaussés de couleurs. Socle en bois sculpté et découpé à jour. Travail japonais.

199 — IVOIRE. Deux pitongs décorés d'arbustes et d'oiseaux laqués en or et couleurs. Socles en bois laqué or sur fond aventuriné.

SCULPTURES EN BOIS

200 — BOIS DE BAMBOU. Deux boîtes rondes sculptées à l'imitation de vannerie, sur pieds composés de feuillages et de fruits en ivoire. Les couvercles ont des boutons en ivoire qui représentent des grappes de raisin.

201 — BOIS DE BAMBOU. Boîte analogue à celle qui précède. Le bouton du couvercle est formé d'un fruit en ivoire.

202 — BOIS DE BAMBOU. Boîte de même forme que celle qui précède mais plus grande. Le bouton du couvercle de celle-ci est formé d'un colimaçon et de feuilles en ivoire.

203 — BOIS ET IVOIRE. Deux grands pitongs en

bois sculpté à arbustes au pourtour, et enrichis de figures et de fleurs rapportées en bois de couleurs et ivoire. Socles décorés de même. Travail japonais signé.

204 — Bois de bambou. Panier ovale à anse surélevée, sculpté à l'imitation de vannerie et enrichi de fleurs et d'insectes incrustés en nacre et ivoire.

205 — Bois de bambou. Panier rond à anse surélevée à laquelle est rattachée une chaîne. A l'intérieur, branche de fruits exécutée en ivoire, en nacre et pierres de couleur.

206 — Bois de bambou. Boîte ronde à couvercle simulant l'osier, à feuillages laqués or et autres exécutés en ivoire et en nacre incrustés.

207 — Ivoire et bois. Groupe de trois figures et d'une petite table en bois laqué et ivoire. Sur table en bois laqué.

208 — Bois peint. Deux statuettes debout : homme et femme en riches costumes à fond d'or.

209 — Bois peint. Statuette de femme debout, en costume rosé. Sur socle carré en laque rouge ciselé.

210 — Bois laqué. Groupe de deux personnages dansant; l'un d'eux tient un éventail, l'autre joue du tambourin. Leurs vêtements sont laqués en or. Sur socle. Travail japonais.

211 — Bois. Statuette de guerrier debout, armé d'un fauchard. Cette pièce est rehaussée de parties laquées en or. Travail japonais.

212 — Bois. Statuette de guerrier accroupi, enrichie de parties laquées en or.

213 — Bois laqué. Statuette de bonze accroupi.

214 — Bois laqué. Statuette de bonze, plus petite.

215 — Bois laqué. Statuette de bonze accroupi d'une grande légèreté, et offrant au-dessous une ouverture à couvercle ouvrant à coulisses.

216 — Bois laqué. Statuette d'homme debout, tenant une branche de pêcher. Sur socle doré et découpé.

217 — Bois laqué. Statuette de bonze accroupi, sur socle oblong sculpté et doré.

218 — Bois laqué. Personnage fantastique debout, sur socle rond.

219 — Bois laqué. Statuette de femme debout.

220 — Bois. Statuette de divinité debout, en riche costume quadrillé. Il semble que l'auteur ait voulu représenter Jésus-Christ. Travail japonais.

221 — Bois. La déesse Kouan-In debout.

222 — Bois. Groupe de deux figures fantastiques. Un des personnages a de très longues jambes et porte sur son dos son compagnon dont les bras viennent s'appuyer sur une pieuvre, placée aux pieds du premier.

223 — Bois. Groupe. Grenade formant boîte sur laquelle un personnage est assis. Deux enfants, placés debout près du fruit, complètent le groupe.

224 — Bois. La déesse Kouan-In debout, elle tient

un flacon de la main gauche et un rouleau de la droite.

225 — Bois. Groupe de deux figures : poussah tenant un sac de jouets qu'un enfant placé près de lui s'efforce de prendre.

226 — Bambou. Pitong très finement sculpté à arbustes, habitations et personnages. Deux portes d'habitations sont mobiles.

227 — Bois. Groupe composé d'une boîte couverte imitant l'osier, et d'une figurine d'homme debout tenant une rame.

228 — Bois. Groupe composé d'un vase surbaissé, sculpté à fleurs arabesques, et de deux figurines d'enfants debout. Travail japonais.

229 — Bois. Autre groupe, enrichi d'incrustations. Le vase de celui-ci est décoré de dragons et il est accompagné de trois statuettes d'enfants dont l'un est assis sur le couvercle. Travail japonais.

230 — Bois. Statuette de guerrier, assis sur un tronc d'arbre. Travail japonais.

231 — Bois. Statuette de guerrier debout, armé d'un fauchard. Travail japonais très soigné.

232 — Bois. Groupe de deux personnages, l'un d'eux joue du tambourin, l'autre tient un petit éventail.

233 — Buis. Confucius accroupi tenant un écran.

234 — Bois. Statuette de bonze debout. Travail japonais très soigné. Cette pièce est signée.

235 — Bois. Statuette de guerrier debout, armé d'un sabre et tenant de sa main gauche un personnage à tête fantastique.

236 — Bois. Petite statuette de bonze dont la tête est d'une exécution très soignée.

237 — Bois. Statuette de personnage barbu.

238 — Bois. Jeune femme assise sur un fagot.

239 — Bambou. Personnage assis tenant une branche de pêcher. Ancien travail chinois.

240 — Bois laqué. Guerrier assis.

241 — Bois. Personnage debout tenant une tortue.

242 — Bois. Personnage souriant à demi couché.

243 — Bois. Personnage debout, riant et portant un singe sur son dos.

244 — Bois. Jeune femme debout, tenant une corbeille de la main droite.

245 — Bois. Divinité fantastique debout sur un dragon sortant de l'onde.

246 — Bois. Statuette de bonze debout.

247 — Bois. Statuette : jeune garçon debout tenant un plateau de fruits.

248 — Bois. Statuette : guerrier debout à tête fantastique.

249 — Bois laqué. Statuette d'homme debout, tenant une corbeille de fleurs de la main droite.

250 — Bois. Statuette de Bouddha debout, sur un socle orné de volatiles et de fleurs en relief.

251 — Bois. Trois statuettes de gnômes.

252 — Bois. Statuette de femme debout, portant un riche costume.

253 — Bois. Deux figurines d'enfants debout.

254 — Bois. Deux très petites figurines fantastiques debout.

255 — Bois. Groupe : personnage debout et riant, tenant une gourde d'où s'échappe la queue d'un cheval placé à ses pieds.

256 — Bois. Figurine d'aveugle accroupi demandant l'aumône.

257 — Bois laqué. Deux pièces : personnage accroupi et crapaud, et enfant accroupi à chevelure rouge.

258 — Bois. Jolie figurine de femme (divinité) accroupie pinçant de la mandoline, placée dans une pagode en laque noir fermant à deux portes.

259 — Bois. Divinité semblable à celle qui précède mais plus petite.

260 — Bois. Divinité fantastique debout, de petite dimension, sur socle oblong.

261 — Bois. Personnage debout sur une jambe, à tête fantastique.

262 — Bois. Divinité accroupie, sur socle surélevé, et placée dans une pagode en laque fermant à deux portes.

263 — Bois. Divinité accroupie, sur socle laqué en or et couleurs.

264 — Bois. Petit groupe : personnage à demi couché sur des rochers.

265 — Bois. Statuette d'homme barbu debout.

266 — Bois. Statuette analogue, mais plus petite.

267 — Bois. La Déesse Kouan-In debout.

268 — Bois. Femme debout portant un enfant sur son dos et tenant une théière.

269 — Bois. Bonze accroupi. Patine noire.

270 — Bois. Poussah accroupi, formant boîte et dont l'intérieur est laqué.

271 — Bois. Crapaud sur une feuille. Ses yeux sont en verre.

272 — Bois. Boîte formée d'un groupe de deux tortues sur une feuille de lotus.

273 — Bois. Deux tortues en deux dimensions.

274 — Bois. Poule et ses poussins ; cette pièce forme boîte.

275 — Bois. Chien de Fô debout. Ses yeux sont en métal.

276 — Bois. Groupe de volatiles et d'un tonneau, sur terrasse feuillagée. Travail japonais très soigné.

277 — Bois. Très petite statuette de vieillard debout.

278 — Ivoire. Très petite figurine d'homme debout.

279 — Bois. Deux pitongs carrés enrichis d'incrustations en terre émaillée et parties laquées.

280 — Bois. Deux autres, l'un d'eux carré, l'autre hexagonal, à feuillages laqués.

281 — Bois. Seize netskés formés chacun d'un masque ; l'un d'eux est peint en couleur.

282 — Buis. Netské en forme de masque, à tête fantastique cornue.

283 — Bois. Deux netskés composés, l'un d'une tête fantastique et de cinq petits masques, l'autre d'une tête fantastique et de trois masques variés.

284 — Bois. Treize netskés formés chacun d'un masque fantastique. (Ce lot pourra être divisé.)

285 — Bois. Petite théière surbaissée à pans et à manche formé de branchages.

286 — Bois laqué. Théière à panse ovale aplatie, décorée d'ornements en relief.

287 — Bambou. Petit vase en forme de balustre carré, à anses têtes chimériques.

288 — Bois. Boîte ronde à couvercle plat, décorée d'insectes en relief au pourtour avec rehauts de laque.

289 — Bois. Deux pièces : petit pitong en forme de tronc d'arbre et petit groupe : Enfant, bonze et arbustes.

290 — Bois. Divinité sur chien de Fô couché, dans une petite pagode en laque noir fermant à deux portes et dorée à l'intérieur.

291 — Bois. Deux divinités debout finement exécutées. Elles sont placées chacune dans une petite pagode en laque noir, fermant à deux portes.

292 — Bois. Très petite divinité en bois peint et doré, placée dans une boîte en corne.

293 — Bois. Deux pièces : cachet carré surmonté d'un dragon et petite coupe branchue.

294 — Noyaux. Deux colliers composés, l'un de dix-huit noyaux représentant chacun une divinité debout, l'autre de vingt figures grotesques.

295 — Bois peint. Deux statuettes d'hommes debout ; l'un d'eux tient un rouleau.

296 — Bois peint. Trois groupes composés chacun d'un personnage fantastique debout sur une chimère.

297 — Bois peint. Bonze assis sur un rocher. Il tient une tasse de la main droite et un héron debout est près de lui.

298 — Bois. Groupe de trois figures : Divinités ; l'une d'elles assise, les deux autres debout, sur socle en bois composé de branches de fleurs.

299 — Bois. Groupe : Pêcheur retirant son filet de l'onde. Travail japonais.

300 — Bois. Statuette d'homme debout ; il s'appuie de la main droite sur un bâton et tient un petit vase de la gauche.

301 — Bois. Figure debout : Mendiant s'appuyant sur un bâton. La terrasse est formée de racines.

302 — Bois peint. Deux statuettes : Guerrier debout sur un personnage fantastique. Socles en bois doré.

303 — Bois. Grande figure de mendiant debout sortant des flots, sur socle à quatre pieds.

304 — Bois. Sorte de niche d'où s'échappent six

animaux fantastiques, et tenue par un diable.

305 — Bois. Personnage debout tenant une chaîne de ses deux mains.

306 — Bois. Mendiant debout s'appuyant sur une béquille ; à ses pieds, une figure de diable.

307 — Bois. Groupe de deux figures d'enfants sur rocher.

308 — Bois laqué rouge. Deux grandes chimères assises avec yeux en verre.

309 — Bois. Deux statuettes grotesques posées sur un socle oblong.

310 — Bois. Groupe de trois chimères dont les yeux sont en verre.

311 — Bois. Personnage accroupi tenant une gourde de ses deux bras, d'où s'échappe un cheval.

312 — Bois. Confucius assis sur un cerf couché. Les vêtements sont rehaussés de parties peintes et dorées.

313 — Bois. Personnage fantastique tenant un bâton auquel est suspendu un tonnelet.

314 — Bois. Deux chimères assises.

315 — Bois peint et laqué. Guerrier debout sur table en laque avec pieds formés de têtes d'éléphants rouges.

316 — Bois. Statuette de guerrier debout tenant une lance.

317 — Bois. Groupe : Enfant jouant de la flûte assis sur un buffle.

318 — Bois. Groupe de trois chevaux.

319 — Bois. Groupe de trois personnages debout et dansant.

320 — Bois laqué rehaussé de dorure. Divinité à six bras assise sur un chien de Fô debout.

321 — Bois. Statuette de femme japonaise debout, elle tient un maillet à long manche.

322 — Bois. Groupe : Confucius assis entouré d'enfants. Il tient une flèche de la main droite.

323 — Bois. Divers groupes et statuettes en racine de bois.

324 — Bois. Deux figures de Japonais assis sur des socles ornés de bas-reliefs.

325 — Bois laqué. Personnage debout, vêtu d'une draperie, s'appuyant sur une cloche.

326 — Bois. Boîte en forme de tonneau ; le couvercle est surmonté d'une figurine d'enfant rehaussée de parties laquées en or, et tenant un masque, tête de chimère.

327 — Bois. Statuette d'homme debout tenant un arc incomplet. Travail japonais très soigné.

328 — Bois. Figure grotesque de Confucius.

329 — Bois. Jonque montée par divers personnages.

330 — Bois. Applique formée d'un dragon.

331 — Bois. Deux statuettes : Bonze debout tenant un fruit, et autre les mains jointes sous son vêtement.

332 — Bois. Boîte formée d'un poisson et de feuillages.

333 — Bois. Groupe de deux enfants montés sur un
ballot.

334 — Bois. Groupe de deux figures debout :
Bonze tenant un bâton, et enfant tenant un
fruit.

335 — Bois. Pêcheur tenant un poisson sous son
bras.

336 — Bois laqué. Bonze debout sur socle à quatre
pieds.

337 — Bois laqué. Statuette d'homme debout, sur
terrasse.

338 — Bois laqué et doré. La déesse Kouan-In
debout sur une fleur, avec nimbe et socle sculptés et dorés.

339 — Bois. Deux buffles et un chien couchés.

340 — Bois laqué. Personnage nu assis sur un
rocher.

341 — Bois dur. Deux chimères couchées pour
supports.

342 — Bois laqué et peint. Statuette de femme debout, sur socle décagone en laque à fond rouge.

343 — Bois. Deux statuettes portant chacune une
besace.

344 — Bois peint. Deux statuettes accroupies :
personnage sur rocher et divinité.

345 — Bois peint. Deux statuettes : personnage
tenant un bâton et Japonais debout.

346 — Bois. Deux statuettes : personnage debout et
autre exécutée en racine.

347 — Bois. Trois statuettes variées.

348 — Bois. Rocher décoré au pourtour d'arbustes, de personnages et d'habitations.

349 — Bois laqué. Deux supports hexagones en hauteur, présentant, sur une de leurs faces, des chimères, des fleurs et des rochers dorés.

350 — Bambou. Deux grands pitongs sculptés ; au pourtour, paysages montagneux et personnages.

351 — Bambou. Quatre pitongs analogues à ceux qui précèdent mais plus petits.

352 — Bambou. Quatre pitongs encore plus petits.

353 — Bambou. Cinq pièces : quatre petits pitongs et un seau à anse surélevée.

354 — Bois. Statue, grandeur deux tiers nature : personnage debout portant un crapaud sur son épaule.

355 — Bambou. Pitong aplati simulant un rocher avec personnages.

356 — Bois. Boîte hexagone, décorée de dragons sculptés en bas-relief.

357 — Bois peint rehaussé de dorure. Deux appliques, composées chacune d'un personnage fantastique.

358 — Bois. Deux appliques formées chacune d'un personnage debout, dont l'un tient un arc.

359 — Bois laqué. Panneau à fond doré sur lequel une figure de bonze debout a été rapportée.

360 — Bois. Table à écrire de forme oblongue, dont

le dessus sculpté en bas-relief représente un paysage avec oiseaux.

361 à 369 — Bois. Quarante-cinq netskés représentant des personnages et des animaux. (Ce lot sera divisé.)

370 à 390 — Bois. Quatre-vingt-six netskés analogues à ceux qui précèdent. (Ce lot sera divisé.)

391 à 399 — Bois. Vingt-six autres netskés de travail très soigné. (Ce lot sera divisé.)

400 à 405 — Bois. Dix-sept netskés analogues à ceux qui précèdent mais plus grands. (Ce lot sera divisé.)

406 — Bois et ivoire. Boîte de fumeur de forme oblongue et aplatie, en bois sculpté, enrichie d'un groupe de trois figures en ivoire rapporté en relief.

407 — Bois, ivoire et nacre. Autre boîte de fumeur, de forme oblongue, incrustée de feuillages et d'un colimaçon exécutés en ivoire et en nacre. Le netské est formé d'une grenouille en bois.

408 — Bois. Boîte de forme analogue, décorée d'arbustes et de singes en relief. Le bouton d'attache est formé d'un groupe de singes.

409 — Bois. Boîte en forme de gibecière, ouvrant à charnière et sculptée en bas-relief, à feuillages et oiseau dont la crète est rapportée en corail. Chaîne et bouton en bois sculpté.

410 — Bois. Boîte de même forme, décorée de fleurs

et de feuillages, avec chaîne et bouton d'attache aussi en bois sculpté.

411 — BOIS. Deux trousses à médecine, sculptées à figures et ornements.

412 — BOIS. Deux autres trousses, l'une sculptée à paysages, l'autre à oiseaux.

413 — BOIS. Deux boîtes oblongues, l'une décorée de figurines gravées, l'autre à paysage finement sculpté.

414 — BOIS. Porte-pipes avec trousse, décorés d'animaux sculptés en relief.

415 — BOIS. Deux porte-pipes, l'un décoré de personnages en relief; l'autre d'arbustes, d'un singe et d'un crabe, ce dernier rapporté en cuivre.

416 — BOIS LAQUÉ. Grand groupe de deux figures : guerrier armé d'un trident posant le pied sur un diable. Travail très soigné.

417 — BOIS ET LAQUE. Deux boîtes hexagones très finement sculptées à paysages, fleurs et arbustes découpés à jour. Elles sont enrichies d'encadrements laqués noir, incrustés de burgau et d'or, et peuvent former encriers.

418 — BOIS. Écritoire en forme de boîte oblongue, laquée à l'intérieur. Le couvercle est décoré d'une figure de bonze sculptée en relief.

419 — BOIS. Écritoire en forme de boîte carrée à angles rentrants et arrondis. L'intérieur laqué est aventuriné, et le couvercle sculpté présente deux carpes rapportées en relief.

420 — Bois. Écritoire de même forme, laquée rouge
à l'intérieur. Le dessus, strié et quadrillé, présente des volatiles et des arbustes sculptés en
relief.

421 — Bois et porcelaine. Belle boîte carrée à
insignes, en bois dur finement sculpté à personnages dans des paysages, dragons et fleurs. Elle
présente sur le couvercle un disque circulaire
qui renferme un caractère et une corbeille,
exécutés en céladon turquoise, gravé et rehaussé
de dorure. Le pourtour de la boîte présente des
plaques carrées en céladon turquoise, portant
des inscriptions gravées en creux et dorées.
Cette pièce remarquable provient du Palais
d'Été.

422 — Bois. Boîte décagone avec couvercle à re-
couvrement et pied découpé, en bois finement
sculpté. Le pourtour présente des compartiments de fleurs, et le dessus du couvercle est
couvert d'inscriptions.

423 — Bois. Boîte octogone couverte d'ornements
finement sculptés. Le couvercle est enrichi d'attributs rapportés en jade.

424 — Bois. Boîte pour écritoire, à angles arrondis. Le dessus du couvercle, sculpté en bas-
relief, est décoré d'une chimère dont les yeux
sont en verre et de fleurs.

425 — Bois. Autre boîte pour écritoire, laquée noir
à l'intérieur. Le dessus, finement sculpté, pré-

sente un groupe de trois personnages dont un
cavalier.

426 — Bois. Groupe composé d'une figurine de
divinité debout et d'un cavalier, posés sur un
rocher.

427 — Bois. Cantine de fumeur, décorée de fleurs
en relief et enrichie d'oiseaux en ivoire incrustés.

428 — Bois. Boîte oblongue, décorée de branches
de fruits en relief au pourtour, et décorée sur le
couvercle d'une divinité debout sur un dragon.
Les chairs de la divinité sont exécutées en
ivoire. Les encadrements sont incrustés de filets
d'argent.

429 — Bois. Boîte oblongue décorée d'animaux,
de branchages et d'ornements en relief. Un
tiroir est placé à la base de la pièce.

430 — Bois. Boîte oblongue décorée au pourtour
et sur le couvercle, de personnages et de chimères sculptés en bas-relief sur fond découpé,
et enrichie d'incrustations de nacre.

431 — Bois. Boîte oblongue ouvrant à tiroir, décorée de paysages et d'ornements sculptés en
bas-relief sur fond peint imitant l'écaille.

432 — Bois. Petite boîte oblongue bordée de filets
d'ivoire. Le dessus représente des rochers
dans lesquels se jouent des personnages en
ivoire.

433 — Bois. Boîte oblongue imitant le jonc tressé
au pourtour et sur le couvercle. Ce dernier est

enrichi d'une branche de fruits laquée et incrustée d'ivoire teint.

434 — BOIS LAQUÉ. Boîte oblongue ou cantine de fumeur gravée à fleurs et feuillages rehaussés de dorure, avec tiroirs à l'intérieur, et enrichie d'incrustations.

435 — BOIS ET IVOIRE. Petit écran rectangulaire en bois sculpté, garni de deux petits tableaux en ivoire sculpté à figures rehaussés de couleurs et finement repercés à jour.

436 — BOIS. Petit écran formé d'une plaque circulaire en émail de Chine, à fond rose, décorée d'arbustes, de fleurs et d'oiseaux, avec monture en bois sculpté et découpé.

437 — BOIS. Petit écran rectangulaire en bois découpé à jour, orné d'une plaque ovale de jade blanc gravée à figures dans un paysage.

438 — BOIS. Écran circulaire formé d'une plaque de porcelaine, décorée sur ses deux faces, et monté sur un pied formé de branchages.

439 — BOIS LAQUÉ. Tambourin décoré de peintures sur ses deux faces et suspendu dans une monture en bois laqué et cuivre.

440 — BOIS LAQUÉ. Deux vases-appliques en laque rouge ciselé avec caractères et branches de fruits incrustés en pierre de lard blanche et verte. Ils sont garnis de branches de fruits et de fleurs exécutées en pierre de lard de nuances variées.

441 — Bois laqué. Grande théière cylindrique en laque du Japon, décorée d'armoiries et de rinceaux dorés.

442 — Bois laqué. Plateau oblong à angles arrondis en bois naturel laqué en couleurs et or, à poissons et fruits, et enrichi d'incrustations.

443 — Bois laqué. Plateau oblong à angles arrondis, décoré d'une mandoline laquée en relief. Il porte un cachet incrusté et une signature.

444-445 — Bois laqué. Deux autres plateaux oblongs à décor laqué en relief, l'un d'eux est décoré d'un panier et l'autre de feuillages dorés.

446 — Corne et bois. Corne entièrement couverte de sculptures représentant des personnages dans des paysages et repercée à jour. Elle repose sur un pied en bois sculpté.

447 — Bois laqué. Tableau rectangulaire en bois sculpté et laqué, représentant deux personnages qui tiennent une banderole sur laquelle se voient des caractères.

448 — Bois laqué et incrusté. Tableau circulaire représentant un paysage montagneux traversé par un cours d'eau, en bois sculpté, sur fond peint, et enrichi de personnages rapportés en jade et pierre de lard blancs. Cadre en bois sculpté et attache en cuivre.

449 — Bois laqué. Tableau circulaire en laque

ciselé de Pékin, rouge et vert, représentant un paysage accidenté avec cours d'eau enrichi de nombreux personnages. Cadre à fleurs en relief et attache en bronze.

450 — BOIS ET MATIÈRES PRÉCIEUSES. Grand tableau rectangulaire, en hauteur, représentant un paysage montagneux avec habitations, exécuté en bois, en jade de diverses nuances et en pierre de lard. Il porte une longue inscription. Cadre en bois sculpté incrusté de plaques de jade gravées et avec attache de bronze.

451 — BOIS LAQUÉ. Tableau rectangulaire en hauteur, représentant un paysage accidenté avec cours d'eau et personnages, en laque ciselé de Pékin, rouge et vert. Il porte une longue inscription.

452 — BOIS ET MATIÈRES PRÉCIEUSES. Tableau en largeur simulant la façade d'un cabinet, en bois sculpté, avec compartiments encadrés d'ornements découpés à jour. Chacun de ces compartiments renferme des coupes, des vases de fleurs, des brûle-parfums et des attributs divers exécutés en jade, en cristal de roche et autres matières, qui se détachent en relief sur un fond laqué jaune clair. Pièce intéressante.

453 — ÉCAILLE LAQUÉE. Très grand plat rond en écaille laquée d'or. Il offre, au fond, un paysage montagneux avec hérons et, au marli, des fleurs arabesques et des oiseaux.

BRONZES

454 — Brûle-parfums composé d'un buffle debout passant à gauche et monté par un personnage à longue barbe.

455 — Groupe composé d'un rocher dans lequel se joue un dragon.

456 — Groupe de trois divinités se détachant en relief sur un fond nimbé.

457 — Petit groupe en bronze : personnage assis sur un buffle couché.

458 — Tasse en bronze du Tonkin à fleurs en relief dorées.

459 — Pagode circulaire en bronze avec base et dessus laqués. La base est ornée aux angles de quatre figurines en bois sculpté.

460 — Bronze. Personnage tenant un rouleau, assis sur un buffle debout. Cette pièce peut servir de brûle-parfums.

461 — Bronze. Cloche, ovale de plan, avec attache formée d'un double dragon et décorée au pourtour de caractères en relief.

462 — Fer. Théière à panse bursaire diamantée.

463 — Fer. Deux théières de même forme que celle qui précède, décorées d'ornements en relief.

464 — Bronze. Petite tortue formant brûle-parfums.

MEUBLES

465 — Beau cabinet du Tonkin, en bois dur, enrichi de belles incrustations de nacre à fleurs et personnages et fermant à portes et tiroirs. — Larg., 1 m. 6 cent.

466 — Autre joli cabinet du Tonkin, en bois dur. Comme celui qui précède, il ferme à portes et tiroirs et il est couvert de riches incrustations de nacre qui représentent des paysages, des personnages, des fleurs et des ornements. — Larg., 80 cent.

467 — Écran en trois parties, garni de trois peintures sur verre, dont la principale représente un char triomphal monté par un grand nombre de personnages, les deux autres offrent des scènes de la vie privée. La monture est en bois sculpté.

468 — Support d'écran en bois finement sculpté. Il sert actuellement de base à une petite vitrine qui ferme à deux portes.

469 — Sorte de médaillier fermant à deux portes, en laque noir de la Chine, à décor de paysages avec figures en or et couleurs. Il renferme un grand nombre de tiroirs.

470-471 — Quatre petites étagères à compartiments de formes et de dimensions variées, à décor d'or sur fond de bois naturel.

472 — Socle en forme de table à quatre pieds cintrés, en laque noir couvert de riches incrustations de nacre.

473 — Porte-sabres en laque aventuriné avec panneau décoré de fleurs et de papillons exécutés en or en relief.

474 — Autre porte-sabres en laque, à décor d'or ; celui-ci forme cabinet dans sa partie inférieure, et est enrichi d'un panneau en bois sculpté.

475 — Étagère d'angle avec monture en bambou.

476 — Étagère en laque noir et monture en bambou.

477 — Petite table-support à quatre pieds en bois sculpté, à dessus formé d'une plaque de porcelaine de Chine, décorée de fleurs et de personnages.

478 — Deux petites étagères en bois et à deux tablettes de marbre chacune.

479 — Petite étagère à deux places, en bois dur et à support en forme de grecques.

480 — Petite table carrée en laque rouge ciselé, à quatre pieds et à dessus laqué noir.

481 — Petite table oblongue en laque rouge et à pieds cintrés, prenant toute la largeur de la pièce.

482 — Boîte carrée non couverte en bois dur incrusté de nacre, à paysages, ornements et inscriptions. Travail du Tonkin. Les angles sont garnis de métal.

483 — Échiquier formant jeu de jaquet en laque.

484 — Plateau rond en bois, à paysage sculpté en creux.

485 — Deux très petites étagères carrées en bois naturel, à décor laqué d'or très soigné.

486 — Étagère d'angle à monture en bambou.

487 — Étagère pliante en bois laqué, à décor d'oiseaux et de fleurs.

488 — Support d'applique avec tablette laquée rouge et monture en bambou.

489 — Jolie étagère à tiroirs et compartiments ouvrant à l'aide de portes à coulisses, en bois dur laqué en or et couleurs et enrichi d'incrustations de nacre et d'ivoire. Elle est décorée de poissons, de fleurs et de fruits.

490 — Étagère analogue à celle qui précède, mais plus grande.

491 — Étagère composée de panneaux de laque avec monture de bambou.

492 — Grande étagère en bois dur à moulures.

493 — Autre étagère en bois noir.

494 — Modèle de maison en bois sculpté, avec base découpée à jour.

495 — Sorte de pagode carrée en bois sculpté, à dragons et chimères.

496 — Étagère en marqueterie de bois avec tiroirs.

497 — Support oblong en bois dur sculpté, à ornements découpés à jour.

498 — Pagode fermant à deux portes, partie en

laque noir et rouge et partie en bois sculpté
noir et doré.

499 — Jolie pagode en laque noir, garnie de cuivre
gravé et découpé à jour. Elle ferme à quatre
portes et renferme diverses divinités en bois
sculpté reposant sur des socles dorés. Base
mobile en laque noir.

500 — Modèle d'habitation en bois de couleur découpé.

501 — Pagode en laque noir fermant à quatre
portes. Elle renferme quantité de divinités en
bois peint et doré.

502 — Pagode analogue à celle qui précède. Celle-ci
est armoriée et renferme une statuette de la
déesse Kouan-In, assise sur une fleur de lotus
en bois laqué or.

503 — Pagode carrée en bois sculpté avec parties
laquées, et petit escalier et balcon garnis d'appliques de cuivre. Elle renferme une divinité
en bois.

504 — Pagode en laque noir fermant à deux portes
et dorée à l'intérieur. Elle renferme une statuette de la déesse Kouan-In, assise sur une
fleur de lotus.

505 — Pagode en laque noir, garnie en cuivre
gravé ; elle ferme à quatre portes décorées de
figures peintes sur fond d'or, et renferme un
groupe de deux figures qui semblent représenter la Vierge et l'Enfant Jésus (?)

506 — Pagode oblongue en laque noir, avec groupe
de figures à l'intérieur.

507 à 512 — Six pagodes variées de formes et de
dimensions, en laque noir et rouge ; chacune
d'elles renferme des divinités en bois et en
terre.

513 — Sorte de pagode en bois sculpté avec portes
découpées à jour.

514 — Boîte oblongue en bois dur sculpté, renfermant cinq tiroirs.

515 — Boîte carrée en laque noir incrusté de caractères en burgau.

516 — Petit écran en bois décoré de panneaux en
albâtre décorés de figures en couleurs.

517 — Écran analogue à celui qui précède, mais
avec une seule plaque peinte.

518 — Petit écran en marqueterie de Ning-Po,
avec monture en bois sculpté et découpé à jour.
Le revers est garni d'une glace.

519 — Deux portes de meubles en marqueterie de
Ning-Po, à figures et paysages rapportés en
ivoire.

520 — Deux portes de meubles et deux devants de
tiroirs à fleurs et fruits incrustés en bois.

521 — Lot de socles en bois sculpté et marbre variés
de formes et de dimensions. (Ce lot pourra être
divisé.)

www.ingramcontent.com/pod-product-compliance
Ingram Content Group UK Ltd.
Pitfield, Milton Keynes, MK11 3LW, UK
UKHW031754170726
13836UKWH00002B/990